¿Qué tiempo hace? / What's the Weather Like?

Hace viento
It's Windy

Celeste Bishop

traducido por / translated by
Charlotte Bockman

ilustrado por / illustrated by
Maria José Da Luz

PowerKiDS
press.

New York

Published in 2017 by The Rosen Publishing Group, Inc.
29 East 21st Street, New York, NY 10010

First Edition

Managing Editor: Nathalie Beullens-Maoui
Editor: Katie Kawa
Book Design: Michael Flynn
Spanish Translator: Charlotte Bockman
Illustrator: Maria José Da Luz

Cataloging-in-Publication Data

Names: Bishop, Celeste.
Title: It's windy = Hace viento / Celeste Bishop.
Description: New York : Powerkids Press, 2016. | Series: What's the weather like? = ¿Qué tiempo hace? | In English and Spanish. | Includes index.
Identifiers: ISBN 9781499423372 (library bound)
Subjects: LCSH: Winds–Juvenile literature. | Weather–Juvenile literature.
Classification: LCC QC931.4 B57 2016 | DDC 551.51'8–dc23

Manufactured in the United States of America

CPSIA Compliance Information: Batch #BS16PK: For Further Information contact Rosen Publishing, New York, New York at 1-800-237-9932

Contenido

Contents

Las ramas de los árboles se mueven
de un lado a otro. ¡Hace viento!

The trees outside are blowing back and forth. It's windy!

Mi mamá dice que el viento es un tipo de clima.

My mom says wind is a kind of weather.

El viento es aire en movimiento.

Wind is moving air.

No puedo ver el viento, pero lo puedo sentir.

I can't see the wind, but I can feel it.

El viento mueve las cosas.

The wind moves things around.

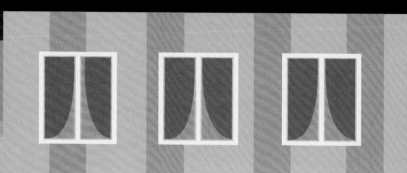

El viento puede ser suave.
Un viento suave es muy agradable.

Wind can be soft.
A soft wind can feel very nice.

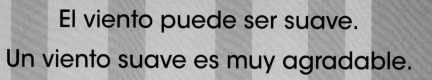

El viento sopló fuerte anoche.

The wind was strong last night.

¡Tiró el cubo de la basura!

It knocked over our garbage can!

13

14

Hay viento todo el año. En otoño, el viento se lleva las hojas de los árboles.

Wind happens all year round. In fall, wind carries leaves off the trees.

15

En verano, el viento permite que salgamos
en nuestro velero.

In summer, wind helps my family use our boat.

¡Las velas aprovechan el viento!

The sails catch the wind!

En invierno, el viento se siente frío.

Uso una bufanda para mantenerme caliente.

The wind feels cold in winter.

I wear a scarf to keep warm.

En primavera, la lluvia y el viento
pueden ocurrir al mismo tiempo.

In spring, rain and wind come together.

El paraguas evita que me moje.

An umbrella keeps me dry.

Me encantan los días con viento. ¡Es el tiempo ideal para volar mi papalote!

I love windy days. It's the
perfect time to fly my kite!

Palabras que debes aprender
Words to Know

(las) hojas
leaves

(las) velas
sails

(la) bufanda
scarf

Índice / Index